MAR   2004

Escrito e ilustrado por

MARC BROWN

Traducido por Esther Sarfatti

LA VISITA DEL SEÑOR RATAQUEMADA

Basado en un guión de Joe Fallon

LECTORUM
PUBLICATIONS, INC.
557 BROADWAY, NEW YORK, NY 10012-3919

Para mi maestra de tercer grado,
la señorita Kingston—Nunca pude imaginar
el destino que me esperaba
sentado en la tercera fila de su clase.

1-930332-41-6

Printed in U.S.A.

10 9 8 7 6 5 4 3 2 1

(Library of Congress Cataloging-in-Publication data is available.)

Era viernes por la tarde y Arturo descansaba mirando la televisión.

—¡Qué bien! . . . No tengo que ver al señor Rataquemada en todo el fin de semana —dijo Arturo.

—Arturo —dijo mamá—. Tengo una mala noticia. El techo de la casa del señor Rataquemada se ha derrumbado con la nieve, y no tiene dónde quedarse.

—Qué lástima —dijo Arturo, sin quitar los ojos de la televisión.

—Sabía que pensarías así —dijo su mamá—. Así que lo hemos invitado a quedarse aquí.

—De acuerdo —dijo Arturo, sin quitar la vista de la televisión.

—¡Quedarse AQUÍ! —gritó Arturo y salió corriendo detrás de su mamá.

—Mamá — qué — cómo — el señor Rataquemada — dónde —
¿qué has dicho? —tartamudeó Arturo.

—El maestro de Arturo se va a quedar aquí —canturreó D.W.

—Sólo hasta que le arreglen el techo —dijo mamá.

Arturo no lo podía creer.

Más tarde, Arturo le contó la noticia a Berto.

—Es una cosa rarísima —dijo Arturo—. ¡Mi maestro en mi casa, caminando sobre mi alfombra, comiendo con mis cucharas y tocando mis cosas!

Berto estaba de acuerdo: —La escuela es la escuela y la casa es la casa y así es como debe ser.

—Exactamente —asintió Arturo con la cabeza.

Sin embargo, sus padres no lo entendían así.

—Simplemente no puede ser —trataba de explicar Arturo—. ¡No es natural!

—El pobre hombre no tiene otro lugar dónde ir —dijo papá.

—Se va a quedar aquí —dijo mamá— y *todos* vamos a poner de nuestra parte para que se sienta a gusto.

Arturo trató de imaginarse al señor Rataquemada en su casa,
pero la imagen que le venía a la cabeza era demasiado horrible.

Al día siguiente, Arturo le pidió prestados unos libros a Cerebro y corrió a casa para colocar unos carteles nuevos en su habitación.

—¿Qué haces? —preguntó D.W.

—No lo entenderías —contestó Arturo.

—¿Quieres que el señor Ramaquemada piense que eres más inteligente de lo que realmente eres?

—¡Fuera de aquí! —dijo Arturo.

En ese momento sonó el timbre de la puerta.

—¡Arturo! ¡D.W.! —llamó mamá—. ¡Vengan a saludar!

—Hola, señor Roscaquemada —dijo D.W.—. ¿Es verdad que usted tortura a los niños?

—¡Aquí estoy! —gritó Arturo—. ¡Bienvenido! ¡Hola! ¡Pase!

—Arturo, por favor, lleva las maletas a tu habitación —dijo papá.

—¡Se queda en la habitación de Arturo! —canturreó D.W.

—Dejé tu saco de dormir en la habitación de D.W. —dijo mamá.

—¡Eh, eso no es justo! —dijo D.W.

El señor Rataquemada vio los libros que Arturo tenía en la mesa.

—Esos son los libros que más me gustan —dijo Arturo.

—Interesante —dijo el señor Rataquemada—. *Trigonometría divertida. . . La doble hélice y tú. . .*

—¿No le pediste prestados esos libros a Cerebro? —preguntó D.W.

—Sí, me gusta utilizar *mi* cerebro —dijo Arturo rápidamente.

—Señor Pataquemada —dijo D.W.—, mire lo que hay aquí debajo. . .
Arturo se apoyó rápidamente sobre el cartel.

—Creo que papá está preparando un bizcocho —dijo.

—¡Bizcocho! —dijo D.W. y salió corriendo por la puerta.

—¿Bizcocho? —dijo el señor Rataquemada, y también salió corriendo.
Arturo se tumbó en la cama, aliviado.

Más tarde, Arturo miraba el programa del Conejo Biónico.
Cuando el señor Rataquemada entró en la sala, Arturo cambió
rápidamente de canal.

—Usted parece. . . diferente —dijo Arturo.

—No siempre me visto como para ir al colegio —dijo el señor
Rataquemada.

—Señor Lataquemada —dijo D.W.—, qué suerte que no estaba en la escuela cuando se cayó el techo. . .

—Fue el techo de mi casa el que se cayó —dijo el señor Rataquemada. D.W. parecía confundida.

—Los maestros no viven en la escuela —explicó el señor Rataquemada—. Tenemos casa, igual que todo el mundo.

—Ah —dijo D.W.—. El mundo era bastante sencillo hasta ahora.

—¿Te gustaría ver uno de mis videos? —le preguntó el señor Rataquemada a Arturo.

—Por supuesto que sí —dijo Arturo—. Me *encantan* los videos educativos.

En la pantalla apareció un dibujo animado de un canguro.

—¿*El canguro Panduro?* —dijo Arturo.

—¡Es uno de mis favoritos! —dijo el señor Rataquemada.

Después de ver *El canguro Panduro*, el señor Rataquemada cubrió
el libro de historia de Arturo con un pañuelo y le pasó la mano por
encima. Cuando quitó el pañuelo, ¡el libro había desaparecido!

—¡No hay tareas hoy!

—¡Fantástico! —dijo Arturo—. ¿Me puede enseñar cómo lo hizo?

—Claro —dijo el señor Rataquemada.

A la hora del postre, papá trajo un enorme bizcocho.

—Me gusta que el señor Gataquemada se quede con nosotros
—dijo D.W.

El lunes por la mañana, los amigos de Arturo parecían sorprendidos.

—¿Te puedes imaginar tener a Rataquemada en tu casa? —dijo Berto.

—Seguro que Arturo está a punto de escaparse de casa —dijo Francisca.

—Oye, Arturo —dijo Berto—, te puedes quedar en mi casa hasta que se vaya Rataquemada.

—Bueno, no es tan malo —dijo Arturo—. Me enseñó un truco de magia. Lo pasamos bien.

El señor Rataquemada saludó a Arturo con la mano. Arturo le devolvió el saludo.

A la hora del almuerzo todos hablaban del examen de matemáticas.

—Yo saqué C —dijo Berto.

—Sacaste mejor nota que yo —dijo Fefa.

—Arturo sacó A —dijo Francisca—. ¡No es justo!

—Es verdad. *Todos* sacaríamos A si el señor Rataquemada viviera en casa y nuestros padres le prepararan bizcochos —dijo Fefa.

—¡Pero yo estudié mucho para ese examen! —protestó Arturo.

—Seguro que sí —contestaron todos.

Después de clase, todos los amigos de Arturo parecían estar muy ocupados.

—¿Quieres venir a casa a ver *El canguro Panduro*? —preguntó Arturo.

—No creo —dijo Berto—. No quiero estorbar.

—¿Quieren ir al Azucarero a tomar chocolate caliente? —Arturo les
preguntó a Francisca y a Fefa.

Francisca negó con la cabeza: —Lo siento, pero ya habíamos decidido
ir al Azucarero a tomar chocolate caliente.

Después, Cerebro le pidió a Arturo que le devolviera los libros.

—De acuerdo —dijo Arturo—. Te los llevo a casa.

—No, gracias. Tráemelos a la escuela, por favor —dijo Cerebro.

—El mimado del maestro, el mimado del maestro —canturreó
Betico—. Eso va por ti, Arturo.
Y a continuación le entregó una nota de Fernanda.
Arturo regresó a casa solo.

Pal lo recibió en la puerta.

—Qué alegría llegar a casa —dijo Arturo— y olvidarse por completo de la escuela.

El señor Rataquemada estaba sentado a la mesa de la cocina
comiendo bizcocho.

—Oh —dijo Arturo—. Hola.

Y salió rápidamente de la habitación.

Más tarde, Arturo les enseñó a sus padres y al señor
Rataquemada el dibujo de Fernanda.

—Y Betico me llamó el mimado del maestro —dijo Arturo.

—Quizá debería hablar con ellos —dijo el señor Rataquemada.

—¡No! —dijo Arturo—. ¡Eso sería peor!

—Sabes que yo nunca te daría un trato especial —dijo el señor
Rataquemada—. Y es verdad que últimamente has estudiado mucho.

—Si me diera una F —dijo Arturo—, quedaría demostrado que no
soy el mimado del maestro.

—Pronto se darán cuenta de que están equivocados —dijo mamá.

—Pero no tan pronto como si me diera una F —dijo Arturo.

El martes a la hora del almuerzo, todos se burlaban de Arturo.

—El mimado del maestro, el mimado del maestro —canturreaba Betico.

—Si con un bizcocho consigues una A, ¿conseguirías dos con una tarta de manzana? —preguntó Francisca.

—Tal vez si le pones un poco de helado de vainilla por encima —dijo Fefa.

Arturo trató de reírse.

El señor Rataquemada se les acercó.

—Arturo, ya no me voy a quedar más tiempo en tu casa.

—¿De veras? —preguntó Arturo.

El señor Rataquemada asintió con la cabeza: —Me vendría mejor estar más cerca de mi casa para supervisar las obras del techo, así que. . .

los papás de Francisca me han invitado a quedarme en su casa. Después, me quedaré en casa de Betico. ¿Quién sabe? —dijo el señor Rataquemada mientras se alejaba—. Quizá me quede también en casa de Fefa, de Berto, de Fernanda. . .